PARA MEU GRANDE AMOR

QUANDO COMEÇAMOS A SAIR,
EU MAL PODIA IMAGINAR
QUANTAS LEMBRANÇAS,
**FOTOGRAFIAS E CANÇÕES
EXISTIRIAM PARA EMBALAR**
nossos momentos.

ÀS VEZES, ESSAS MEMÓRIAS VÊM NUM CARROSSEL DE EMOÇÕES. E FICO IMAGINANDO SE A NOSSA HISTÓRIA É UMA COMÉDIA ROMÂNTICA **OU UM DRAMALHÃO.** DE VEZ EM QUANDO, ACHO ATÉ QUE PODE TER PITADAS DE UM FILME DE TERROR. SABE DE UMA COISA? O GÊNERO POUCO IMPORTA, O QUE VALE MESMO É TER *você comigo.*

NÃO ME IMPORTO SE MEUS DIAS SÃO AGITADOS OU CALMOS. FRIOS OU CALOROSOS. EU SÓ QUERO COMPARTILHÁ-LOS com você.

GOSTO QUANDO FAZEMOS **PLANOS MIRABOLANTES E** DIVIDIMOS SONHOS MALUCOS. Lado a lado, NÓS VAMOS **GANHAR O MUNDO.**

HÁ MOMENTOS EM QUE NÃO SEI **SE O QUE VIVEMOS É REAL.** MAS, QUANDO SEGURO A **SUA MÃO, TENHO CERTEZA** DE QUE TUDO ENTRE NÓS *é verdadeiro*.

E O QUE EU MAIS QUERO É
estar com você:
UM PASSEIO NO PARQUE,
SAIR PARA JOGAR CONVERSA FORA,
ROUBAR A PIPOCA DA SUA MÃO...

...UMA BEBIDA QUE AQUEÇA *nossos corações* E NOSSAS TARDES. TODOS ESSES PEQUENOS **MOMENTOS DE CARINHO** NOS TORNAM O **CASAL QUE SOMOS.**

EU SEI QUE NEM TUDO *será sempre doce* **ENTRE A GENTE. E QUE VÃO HAVER MOMENTOS DIFÍCEIS... E ATÉ SOLITÁRIOS.**

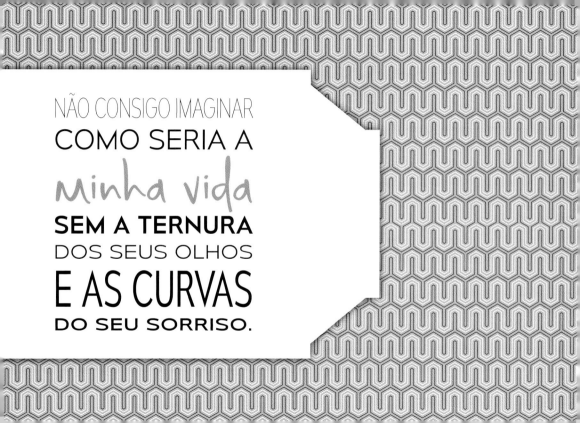

ESSAS LEMBRANÇAS COTIDIANAS
QUE COLECIONO COMO
SE FOSSEM UM
álbum de retratos
ME FAZEM QUERER
ENCHER SEUS LÁBIOS DE
BEIJOS APAIXONADOS.

COM VOCÊ, NÃO TENHO MEDO
DO QUE O FUTURO
POSSA TRAZER.
SÓ ME PREOCUPO
EM DAR MAIS VALOR
AO PRESENTE E
A TUDO QUE
CONSTRUÍMOS
juntos.

VOCÊ ME FAZ TÃO BEM!
E É POR ISSO QUE
te amarei para sempre.

© 2016 Vergara & Riba Editoras S.A.

EDIÇÃO Fabrício Valério
TEXTO Natália Chagas Máximo
REVISÃO Camélia dos Anjos
DIREÇÃO DE ARTE Ana Solt
CAPA [E PROJETO GRÁFICO] Pamella Destefi

Dados Internacionais de Catalogação na Publicação (CIP)
(Câmara Brasileira do Livro, SP, Brasil)

Para meu grande amor / [texto Natália Chagas Máximo]. — São Paulo: Vergara & Riba Editoras, 2016.

ISBN 978-85-7683-991-0

1. Amor 2. Livros-presente I. Máximo, Natália Chagas.

16-02278   CDD-802

Índices para catálogo sistemático:
1. Livros-presente 802

Todos os direitos desta edição reservados à
VERGARA & RIBA EDITORAS S.A.
Rua Cel. Lisboa, 989 | Vila Mariana
CEP 04020-041 | São Paulo | SP
Tel.| Fax: (+55 11) 4612-2866
vreditoras.com.br | editoras@vreditoras.com.br

CRÉDITO DE IMAGENS:

DO ACERVO DE

capa, p. 5	© Maglara / shutterstock.com
p. 6, 13	© Andrekart Photography / shutterstock.com
p. 9	© OPgrapher / shutterstock.com
p. 10	© AstroStar / shutterstock.com
p. 14	© Hrecheniuk Oleksii / shutterstock.com
p. 17	© paultarasenko / shutterstock.com
p. 18	© Pushish Images / shutterstock.com
p. 21	© Kitja-Kitja / shutterstock.com
p. 22	© 918 / shutterstock.com
p. 25	© Daxiao Productions / shutterstock.com
p. 26	© View Apart / shutterstock.com
p. 29	© Kamil Macniak / shutterstock.com
p. 30	© Jne Valokuvaus / shutterstock.com
p. 33	© Bohbeh / shutterstock.com
p. 34	© Sisacorn / shutterstock.com
vetores	© Freepik / br.freepik.com

SUA OPINIÃO É MUITO IMPORTANTE

Mande um e-mail para **opiniao@vreditoras.com.br** com o título deste livro no campo "Assunto".

1ª edição, maio 2016

FONTE Mesmerize 16/19,2pt
PAPEL Couché Fosco 150 g/m²
IMPRESSÃO Geográfica
LOTE 47780P